AF459571

(N° 298)

Collection LOUIS VALENTIN

(CINQUIÈME PARTIE)

N° 28 du Catalogue

ESTAMPES

DU

XVIIIe SIÈCLE

M° LAIR-DUBREUIL

M. LOYS DELTEIL

FRAZIER-SOYE

GRAVEUR-IMPRIMEUR

153-155-157, Rue Montmartre

PARIS

CATALOGUE

DES

ESTAMPES

DU

XVIIIe SIÈCLE

Dont la vente aura lieu

à Paris, HOTEL DROUOT, Salle N° 11

Les Vendredi 9 et Samedi 10 Mai 1913

Par le Ministère de Me F. LAIR-DUBREUIL

COMMISSAIRE-PRISEUR

6, Rue Favart, 6

Assisté de M. LOYS DELTEIL, Graveur et Expert

2, Rue des Beaux-Arts

CONDITIONS DE LA VENTE

Elle sera faite au comptant.

Les adjudicataires paieront *dix pour cent* en sus des enchères.

M. Loys Delteil remplira les commissions que voudront bien lui confier les amateurs ne pouvant y assister.

MM. les Amateurs pourront visiter la collection, 2, *rue des Beaux-Arts*, du Vendredi 2 au Mercredi 7 Mai 1913 de 2 heures à 5 heures, *(le dimanche excepté)*.

Exposition Publique, Hôtel Drouot, Salle N° 11.
le Jeudi 8 Mai 1913, de 2 heures à 6 heures.

ORDRE DES VACATIONS

Le Vendredi 9 Mai, à 2 heures 1/2 précises Nos 1 à 198.
Le Samedi 10 Mai, à 2 heures précises .. Nos 199 à Fin.

DÉSIGNATION

ALIX (P. M.)

1. Le Télégraphe d'Amour, d'apr. Schall. Très belle épreuve, *imp. en couleurs.* après 1804 — 155

2. Boileau — Bossuet. Deux pièces, d'apr. H. Rigaud. Belles épreuves, *imp. en couleurs.* — 90 Delteil FL

3. Molière — J.-J. Rousseau. Deux pièces (une *avant toute lettre*). — 45 Delteil FL

AUBRY (d'après Et.)

4. Les Amans curieux — L'Amour paternel. Deux pl. par Le Vasseur, se faisant pendants. Belles épreuves (la 1re *avant la dédicace*). — 50 Ricci pour R. Schuhmann

AVRIL (J.-J.)

5. Sacrifice à l'Amour — Sacrifice à l'Hymen, 2 pl. se faisant pendants. Belles épreuves, *avant toute lettre.* — 65

BALÉCHOU (J.-J.)

6. Aved (Mme), d'après Aved. Belle épreuve. petit coin abîmé — 60 Delteil

7. Jullienne (J. de), d'apr. de Troy. Très belle épreuve. — 50

BARTOLOZZI (F.)

8. *Venus and Adonis*, d'apr. Cosway, 1778. Très belle épreuve, *tirée en bistre.*

9. Triomphe de Galathée, d'apr. Cipriani, 1787. Très belle épreuve, tirée en plusieurs tons.

10. Baigneuses, d'apr. Cipriani, 1787. Deux très belles épreuves (une tirée en plusieurs tons).

11. *Damon and Delia* — *Paris and Œnone*, 2 pl., d'ap. A. Kauffmann, se faisant pendants. Très belles épreuves, *tirées en sanguine.*

12. Hope, d'apr. Cipriani, 1784. Très belle épreuve, *tirée en bistre.*

13. The Happy Father et pendant — *Sappho listening to the insinuation of Love.* Quatre pièces d'apr. Cipriani. Très belles épreuves, *imp. en couleurs* ou en bistre.

14. Paris et Œnone — The Three fine arts — Science resting in the Arnis of Peace. Quatre pièces d'apr. A. Kauffmann. Très belles épreuves (2 *tirées en sanguine*, une *avant la lettre).*

15. Sincerity — Adoration — Autumn (Hébé ?). Quatre pièces, d'apr. Kauffman et Cipriani. Très belles épreuves (deux *tirées en sanguine*).

16. Sujets gracieux, 5 petites planches d'apr. Cipriani et Nixon. Belles épreuves (3 *avant la lettre).*

BAUDOUIN (d'après P. A.)

17. L'Éveillé, par C. Metz (30 A). Très belle épreuve, *tirée en bistre.*

18. La jeune Flore (chez Crépy). Très belle épreuve.

BENARD (d'après)

19. La Fête du village, par Colibert. Très belle épreuve.

20. Le Gage de l'Amitié. La Reconnaissance du Berger. Deux pièces, par E. Danzel, se faisant pendants. Belles épreuves, *doublées.*

21. Repos de Chasse, par Moitte. Très belle épreuve.

BENWELL (d'après)

22. *Cupid Disarm'd — Cupid Revenge*, 2 pl., par C. Knight, 1786, se faisant pendants. Très belles épreuves, *tirées en bistre.*

BENWELL et SAUNDERS (d'après)

23. *Charlotte at the Tomb of Werter — The Fortune Teller*, 2 pl. par Tomkins. Très belles épreuves, *coloriées.*

BOILLY (d'après **L.**)

24. Qu'elle est Gentille, par Bonnefoy. Très belle épreuve.

25. La Jardinière — La Précaution. Deux pièces, par S. Tresca, se faisant pendants. Très belles épreuves du second tirage.

26. La Solitude — L'Amusement de la Campagne. Deux pièces, par S. Tresca, se faisant pendants. Très belles épreuves, *coloriées.*

27. L'Amusement de la Campagne — L'Attention — La Solitude. Trois pièces, par S. Tresca. Belles épreuves.

BONNET (L. M.)

28. Mlle Coypel, d'apr. F. Boucher. Superbe épreuve, *imp. à l'imitation du pastel.*

BOREL (d'apr. **Ant.**)

29. L'Innocence en danger — Le Voilà fait, 2 pl., par F. Hust, se faisant pendants. Belles épreuves (la seconde avec filet de marge).

BOUCHER (d'après F.)

30. L'Amour nageur — L'Amour vendangeur, 2 pl., par Aveline et Fessard, se faisant pendants. Belles épreuves.

31. Les Bacchantes endormies, par R. Gaillard. Très belle épreuve.

32. La Baigneuse surprise, par Daullé (116). Très belle épreuve.

33. La Bonne aventure, par Aveline. Deux épreuves (une à *l'état d'eau-forte*).

34. Le Calendrier des Vieillards — Le Fleuve Scamandre, 2 pl., par N. de Larmessin. Très belles épreuves.

35. La Confidence, par Bonnefoy. Très belle épreuve.

36. Les deux Confidentes, par Ouvrier. Très belle épreuve.

37. La Fécondité, par R. Gaillard. Très belle épreuve.

38. Foire de campagne, par Cochin fils. Deux belles épreuves (une à *l'état d'eau-forte*).

39. Les Fruits de Ménage, par Le Vasseur. Très belle épreuve.

40. Le Goûter de l'Automne, par Gaillard. Belle épreuve.

41. Moulin de Charenton — Paysage, 2 pl. *avant la lettre* (une à *l'état d'eau-forte*).

42. La Muse Clio — La Muse Erato. Deux pièces, par J. Daullé, se faisant pendants. Très belles épreuves.

43. Naissance et Triomphe de Vénus, par Daullé (E. D., 134). Belle épreuve.

44. Neptune et Amymone, par Danzel. Superbe épreuve, *avant toute lettre*.

N° 79 du Catalogue.

45. Les Nourrices, par Janinet, 1780. Deux très belles épreuves *tirées en bistre* (une *avant la lettre*).

46. Pan et Syrinx, par Martenasie. Deux belles épreuves, une à *l'état d'eau-forte*.

47. Pensent-ils à ce mouton, par Bonnefoy. Belle épreuve, *avant toute lettre*.

48. Pensent-ils à ce mouton, par Mme Jourdan. Belle épreuve.

49. Pensent-ils au raisin, par Le Bas. Très belle épreuve, *avant la lettre* (filet de marge).

50. Le Petit pasteur — La Petite fermière, 2 pl., par Duflos, se faisant pendants. Très belles épreuves.

51. La Rêveuse, par Beauvarlet. Belle épreuve.

52. Les Sabots, par R. Gaillard. Bonne épreuve.

53. La Toilette de Vénus, par Cl. Duflos. Très belle épreuve.

54. Vénus se préparant pour le Jugement de Pâris, par de Lorraine. Belle épreuve.

55. Vénus sur les Eaux, par Le Vasseur. Très belle épreuve.

56. Les Villageois à la Pêche, par Gaillard. Très belle épreuve.

57. Vues de Charenton, 2 pl., par Le Bas, se faisant pendants. Très belles épreuves.

58. Vues de Fronville, 2 pl., par W. Ryland, se faisant pendants. Très belles épreuves.

59. Léda — Pastorale. Deux arabesques par Duflos (une *avant toute lettre*). Belles épreuves.

60. La Cornemuse — La Fille à l'oyseau. Deux pl., par Huquier. Très belles épreuves.

61. Rocaille — Enfants à la chèvre, 2 arabesques in-fol., par Duflos. Belles épreuves.

62. Jeannette — Le Puits — Le Pucelage, 3 pl., par Eberts et Chedel. Belles épreuves. 80

63. Le Calendrier des Vieillards — Ne cessons de craindre une belle — Sylvie délivrée par Aminte. Trois pièces, par De Larmessin, Aubert et Gaillard. Belles épreuves. 75

64. Etudes de Femmes — Vénus entrant au Bain. Trois pièces par Nochez, Fessard et Michel. Très belles épreuves. 75

65. Vénus et Amours — Scènes pastorales. Trois pièces par Boucher, Mme Boucher et Demarteau. Belles épreuves. n.74 en noir 70

66. L'Ecole de l'Amitié, par Delattre — Les Buveurs de lait, par Daullé — Les Grâces au Bain, par Ouvrier. Trois pièces. Belles épreuves. 61 Thélu

67. Le Triomphe de Vénus — Vénus et l'Amour — L'Amour sur les Eaux — Les Amours Folâtres, 4 pl., par Delattre, Daullé, Le Vasseur et Aveline. Très belles épreuves. 91 Delteil

68. Ismène et Daphnis, par Eberts — Les Enfants voyageurs — Le Petit Ménage, par Huquier fils — Votre accord..., par Aveline. Quatre pièces. Très belles épreuves. 49 Ricci pour R. Schuhmann

69. Le Fleuve Scamandre — La Chasse — La Balançoire — Amours. 4 pl., par Larmessin, Le Prince, Huquier, etc. (une *avant la lettre*). 71 Mangin

70. Vue des Environs de Beauvais, par Le Bas — L'Amour vendangeur, par Fessard — Les Amours en gayeté, par Daullé — Enlèvement d'Europe, par Aveline. Quatre pièces. Belles épreuves. 45 Mangin

71. Le Dévot — Colombier — Quos Ego — Frontispices, 5 pl., par Chedel, Aveline, Cochin et Aubert. Belles épreuves. 22

72. Sujets d'Enfants, 8 pl., par Larue, Aveline, etc. Belles épreuves. 60

73. Sujets et Pastorales, 8 pl., par Huquier. Belles épreuves.

74. Groupes d'Enfants — Le Cheval fondu, etc. 8 pl., par La Rue, Huquier et Dazincourt. Belles épreuves.

75. Fontaines, 12 pl., par Huquier. Belles épreuves.

76. Sujets et Pastorales, 13 pl., par Huquier. Très belles épreuves.

BOUCHER et Mme VIGÉE-LEBRUN (d'après)

77. L'Attention dangereuse — La Vertu irrésolue, 2 pl., par Dennel, se faisant pendants. Belles épreuves.

CANALETTO (d'après Ant.)

78. *Prospectus Magni Canalis Venetiarum addito Certamine Nautico et Nundinis Venetis* — 1742 frontispice, portrait et suite complète de 38 pl. par Visentini (en 3 séries). Très belles épreuves.

CARESME (d'après Ph.)

79. La Petite Thérèse, par Couché. Très belle épreuve.

80. Le Refus inutile, par F. Flipart. Très belle épreuve.

81. Le Baiser Napolitain — Le Baiser Rendu. Deux pièces, par F. Flipart, se faisant pendants. Belles épreuves.

CARESME et GRIMOU (d'après)

82. L'Espagnolette — L'Espagnol. Deux pièces, par F. Flipart, se faisant pendants. Belles épreuves.

CARINGTON BOWLES

83. *The Prudent Mother.* Très belle épreuve. 80

84. *Kitty Fleecing the old Jew.* Très belle épreuve. Ricci pour R. Schuhmann

N° 94 du Catalogue.

CARRIERA (d'après Rosalba)

85. *Musik*, par H. Sintzenich, 1783. Très belle épreuve, *tirée en sanguine.* 110 Delteil

86. *The young Italian Fruitress*, par F. Haward, 1782. Belle épreuve, *tirée en sanguine.* 45

CHALLE (d'après M. A.)

87. Zéphire et Flore, par Tilliard, 3 états (un à l'*eau-forte pure*).

CHARDIN (d'après J. B. S.)

88. Le Château de cartes, par Lépicié (11). Très belle épreuve.

89. Le Principe des Arts (ou le Dessinateur), par Cécile Magimel (15B). Belle épreuve. Rare.

90. Etude du Dessein, par Le Bas (18). Très belle épreuve.

91. L'Ecureuse — Le Garçon cabaretier (16 et 22). Deux pl., par Cochin, se faisant pendants. Belles épreuves (piqûres).

92. Jeune Fille à la raquette, par Lépicié (29). Belle épreuve.

93. La Mère laborieuse, par Lépicié (35). Belle épreuve.

94. La Petite Fille aux cerises, par Cochin (43). Très belle épreuve.

95. Sans soucis, sans chagrin...., par Cochin (30). Bonne épreuve.

96. Le Souffleur, par Lépicié (48). Superbe épreuve.

97. Le Château de Cartes — Le Toton. Deux pièces, par J. J. Haïd, se faisant pendants.

98. La Gouvernante — Le Négligé ou Toilette du matin — La Ratisseuse. 3 pl., par Lépicié et Le Bas.

CHARPENTIER (d'apr.)

99. L'Emplette inutile, par N. De Launay. Belle épreuve.

CHEREAU (François)

100. Pardaillan de Gondin (L. A. de), d'après H. Rigaud. Très belle épreuve.

CLARKE

101. L'Amour désarmé, 1778. Très belle épreuve, *tirée en sanguine.*

COCHIN FILS (C. N.)

102. Concours pour le prix de la tête d'expression (Mlle Clairon), par J. J. Flipart Très belle épreuve.

103. Le Chanteur de cantiques — La Charmante catin, 2 pl., par Madeleine Cochin, se faisant pendants. Belles épreuves.

104. Marigny (Mis de) — Parcieux (A. de) — Heinecken (C. F. de) — Pierre — Vernet (J.) — Vence (Cte de) — Duclos (Ch.) — Coustou (G.) — Beaumarchais — Blanchard (E. J. A.), 10 pl. par Cochin Fils, St Aubin, Nicollet, Heinecken et Watelet. Très belles épreuves.

CONDÉ (John)

105. *Signora Storace in the Character of Euphrosyne,* d'apr. De Wilde. Belle épreuve, *coloriée.*

COTES (d'apr. F.)

106. *The Nut-brown Maid,* par E. Fischer, 1763. Très belle épreuve.

COYPEL (d'après Ch.)

107. George Dandin, par Joullain, 1726. Très belle épreuve.

108. Le Jeu de Comète, par M. Très belle épreuve.

109. L'Alliance de Bacchus et de Vénus — L'Amour précepteur — Tel qui rit... — Jeû d'Enfans, 4 planches.

DAVESNE (d'après)

110. Les Prunes, par Vidal. Très belle épreuve, à *l'état d'eau-forte.*

DEMARTEAU (G.)

111. Groupes d'Amours, d'après F. Boucher (nos 97-98), 2 pl. Très belles épreuves, *tirées en sanguine.*

112. Amours, d'apr. Boucher (nos 109 et 416). Deux pièces. Belles épreuves, *tirées en sanguine.*

DESHAYES (d'après)

113. La Fidélité surveillante, par Hemery, deux très belles épreuves, une *avant la lettre et avant* l'encadrement.

DESHAYES et COYPEL (d'après)

114. Erigone vaincue, par Levesque — L'Alliance de Bacchus et de Vénus — Vénus sur les eaux. Trois pièces. Belles épreuves.

DESRAIS (d'après)

115. Le Bal Masqué — Le Serment à la Mode. Deux pièces, par Berthet, se faisant pendants. Belles épreuves.

DE TROY (d'après)

116. *A quel dessein aimable enfant... — Soit d'un époux soit d'un amant...* 2 pl., par J. Chéreau, se faisant pendants. Belles épreuves.

DOUBLET (d'après)

117. Ariette de Rosette et Colas, par Boillet. Très belle épreuve, *tirée en sanguine.*

DROUAIS (d'après F. H.)

118. Les Enfants du Duc de Béthune, par Beauvarlet. Très belle épreuve.

DRUMMOND (d'après Samuel)

119. Gaiety, par Th. Williamson, 1802. Belle épreuve.

DUCLOS (A. J.)

120. Retour de Chasse, 1783. Très belle épreuve.

DUGOURC (d'après)

121. La Poule au pot (ou le trait de Bienfaisance), par David. Belle épreuve.

DUMESNIL (d'après P. L.)

122. Le Garçon cabaretier — La Cuisinière, 2 pl., par Cl. Duflos, se faisant pendants. Belles épreuves.

DUTAILLY (d'apr.)

123. L'Imitation de l'Antique, par Mme Lingée. Bonne épreuve, *coloriée.*

EARLOM (Richard)

124. *A Flower Piece — A Fruit Piece.* Deux pièces, d'après J. van Huysum, se faisant pendants. Très belles épreuves, *avant la lettre.*

125. *A Fruit Piece*, d'apr. M. A. Campidoglio. Belle épreuve.

126. A Game Market, d'apr. Snyders. Belle épreuve.

ECOLES FRANÇAISE ET ANGLAISE

127. Portrait d'une artiste, manière noire. Très belle épreuve, *avant la lettre.*

128. Sujets de Femmes en buste, 2 pl. à la manière noire. Belles épreuves, remmargées.

129. L'Attente du Plaisir, par Lempereur, d'apr. An. Carrache — (Le Sommeil), par Le Villain, d'apr. Challe — Les Trois Grâces, d'apr. Vanloo, 3 pl. *avant la lettre* ou *avant la dédicace.*

130. Sujets divers, 6 pl., d'après A. Kauffmann, Lunaud, etc. (deux *avant la lettre).*

131. Portraits et sujets divers, 7 pl., par J. Smith, Bartolozzi, P. F. Le Grand, Dien, etc. (3 *avant la lettre).*

132. Diana and Nymph — Les Adieux de la Nourrice — Sujets divers, 7 pl. (4 *avant la lettre).*

133. Royal Children — Poetry, Music et Astronomy — Laodamia — Palemon and Lavinia, etc., 8 pl., d'apr. A. Kauffmann, Lawranson, Benwell, etc.

134. Paris et Œnone — A Bacchant — Phillis — Mme Vigée Le Brun et sa Fille, etc., 8 pl., la plupart *avant la lettre*, plusieurs *imp. en couleurs* ou en *sanguine.*

EISEN PÈRE (d'après F.)

135. L'Espièglerie — L'Optique, 2 pl., par Henriquez, se faisant pendants. Belles épreuves.

136. La Folie du Siècle, 2 pl., par Mme Dupuis, se faisant pendants. Belles épreuves.

N° 96 du Catalogue.

137. La Folie du Siècle, par Mme Dupuis. Très belle épreuve.

138. Le petit Espiègle, par Cathelin — L'Appas trompeur, par Schwab — La Joueuse, par Macret. Trois pièces.

EISEN (d'après Ch.)

139. Les Grâces, fontaine. Trois très belles épreuves (une *imp. en couleurs).*

140. Concert Méchanique, Inventé par R. Richard, par De Longueil. Deux très belles épreuves (une *avec* le lustre).

141. Le Petit donneur d'avis — Les Villageois, 2 pl., par Tardieu et de Fehrt. Belles épreuves.

142. La Gageure des trois Commères — Le Gascon — Le Cas de conscience. Trois pièces, par Tardieu. Très belles épreuves.

143. Vignettes pour les *Moissonneurs*, 8 pl., par De Ghendt, Le Gouaz et Le Beau (une à *l'état d'eau-forte*, une seconde *avant la lettre).*

FRAGONARD (d'après H.)

144. Honoré Fragonard, par Le Carpentier. Très belle épreuve (sans marges).

145. L'Amour en sentinelle, par Miger. Belle épreuve.

146. Annette à l'âge de 15 ans — Annette à l'âge de 20 ans, 2 pl., par Godefroy, se faisant pendants. Belles épreuves.

147. Le Baiser amoureux — L'Instant désiré, 2 pl., publiées par Esnauts et Rapilly, se faisant pendants. Belles épreuves.

148. La Cachette découverte, par R. De Launay. Belle épreuve, toutes marges.

149. L'Innocence inspire la Tendresse, par Vidal. Deux belles épreuves (une *avant toute lettre*).

N° 124 du Catalogue.

150. L'Instant désiré, par Marchand. Bonne épreuve.

151. La Mère de Famille, par Marillier et Romanet. Belle épreuve, *avant la lettre*.

152. Les Petits Fermiers ou l'Ane rétif, par St Non, 2e pl. Deux belles épreuves (une *coloriée).*

153. Le Temps orageux, par J. Mathieu. Belle épreuve.

154. Le Verrou, par Le Campion. Très belle épreuve, *impr. en couleurs.*

155. La Danse de l'Ours — Villas italiennes, 3 pl., par Varin et St Non. Très belles épreuves (une *tirée en bistre).*

FREUDEBERG (S.)

156. Le Déjeuner — La Toilette, 2 pl., se faisant pendants. Bonnes épreuves.

FREUDEBERG (d'après S.)

157. La Gaieté villageoise, par N. De Launay. Très belle épreuve.

158. Le Soldat en semestre, par Ingouf le jeune. Très belle épreuve, *avant la lettre.*

159. Le Soldat en semestre — Le Négociant ambulant, 2 pl., par Ingouf le jeune, se faisant pendants. Très belles épreuves.

160. Les mêmes estampes.

GAINSBOROUGH (d'après Th.)

161. *His Royal Highness George Prince of Wales*, par J. R. Smith, 28 avril 1783 (Julia Frankau 358). Très belle épreuve du 2e état (sur 4).

GARBIZZA (d'après)

162. Vue de la Galerie du Palais-Royal, par Coqueret. Bonne épreuve, *coloriée.* Remmargée.

GAYANT (à Paris chez)

163. Folie de l'Ancien Régime. Belle épreuve.

GERARD (d'après Mlle Marguerite)

164. Le Petit Espagnol, par Miger. Très belle épreuve.

165. Les Regrets mérités, par De Launay. Belle épreuve.

GREUZE (d'après J. B.)

166. L'Amour, par Henriquez. Très belle épreuve.

167. Annette — Lubin, 2 pl., par L. Binet, se faisant pendants. Belles épreuves.

168. L'Aveugle trompé, par L. Cars. Deux épreuves (une à l'*état d'eau-forte*).

169. Le Benedicite, par P. Laurent. Très belle épreuve.

170. Le Donneur de Sérénade, par Moitte. Deux très belles épreuves (une à l'*état d'eau-forte*).

171. Le doux regard de Colette — Le doux regard de Colin, 2 pl., par Dennel, se faisant pendants. Très belles épreuves.

172. La Fille confuse, par Ingouf le jeune. Belle épreuve.

173. Invocation à l'Amour, par Dunker. Deux belles épreuves, *avant la lettre* une à l'*état d'eau-forte*).

174. La Marchande de harengs et pendant, 2 pl. par Mme Beauvarlet. Belles épreuves.

175. Les Œufs cassés, par Moitte. Deux épreuves (une *avant la lettre*).

176. La Prière à l'Amour, par Molès. Belle épreuve.

177. Thaïs ou la belle pénitente, par Le Vasseur. Très belle épreuve.

178. Jeune Fille pleurant son oiseau mort — Petite Liseuse — Buste de Jeune Fille, 3 pl., par Flipart, Boizot et Walker. Belles épreuves.

179. La Lecture de la Bible — La Mère en courroux — L'Education d'un jeune Savoyard, 3 pl., par Martenasie, Moitte et Aliamet.

180. (La Mère sévère) — Le Ramoneur — (La Servante) 3 pl., par Voyez, Mme Beauvarlet, etc. (la 1re *avant toute lettre*).

181. Le Petit Polisson — L'Enfant au chien — Serena — La Pelotonneuse endormie, 4 pl., par Le Vasseur, Schulze, Bause, etc. Belles épreuves (une *avant la lettre*).

GUYOT (L.) ?

182. *A la bonne heure... Chacun son écot...* Très belle épreuve, *imp. en couleurs.*

HAMILTON (d'après)

183. *The R^t Honble Anne Countess Cowper*, par Bartolozzi. Belle épreuve, *tirée en bistre.*

HAMILTON, WARD ET BARNEY (d'après)

184. *A Visit to Puss* — Innocence — *The Lovely Brunette*, 3 pl., par Gaugain, Barney et Williams (la 1re *coloriée*).

HILAIR (d'après J. B.)

185. L'Esclave heureux, par J. Mathieu, 2 belles épreuves (une *avant la lettre* et *avant* la draperie).

HOPPNER (d'après)

186. La Tendre Mère. Belle épreuve.

HUET (d'après)

187. La Feinte Résistance, par Patas. Belle épreuve.

188. Le Soir, par L. M. Bonnet. Belle épreuve, *imp. en couleurs* (petite épidermure).

ISABEY (à Paris chez)

189. Le Cœur de la Nation. Très belle épreuve.

JANINET (J. F.)

190. Henri IV, d'apr. Rubens. Très belle épreuve, *imp. en couleurs.*

191. Les trois Grâces, d'après Pellegrini. Très belle épreuve, *avant la lettre* et *avant* la guirlande. *imp. en couleurs.*

192. Tête d'Etude, d'après Le Clerc. Très belle épreuve, *tirée en 2 tons*, toutes marges.

JEAURAT (d'après E.)

193. L'Amour coquet — L'Amour petit-Maître, 2 pl., par E. Jeaurat, se faisant pendants. Très belles épreuves.

194. Le Carnaval des Rues de Paris — Le Transport des Filles de joye à l'Hopital, 2 pl., d'après Le Vasseur, se faisant pendants. Belles épreuves.

195. Déménagement d'un Peintre — Enlèvement de Police, 2 pl., par Duflos, se faisant pendants. Très belles épreuves.

196. L'Eplucheuse de salade, par Beauvarlet. Très belle épreuve.

197. La Servante congédiée, par Balechou. Belle épreuve.

198. L'Enfance chymiste, par Madeleine Igonet — Le Fiacre, par Pasquier — Le Goûté, par Baléchou — L'Amour du Vin, par P. L. Surugue, 4 pl.

JEAURAT — LARMESSIN — CHEREAU — HERISSET

199. Les Eléments, suite de 4 pl., d'après L'Albane. Très belles épreuves.

JUBIER

200. Vue de la Nerwa, d'après Michelle. Belle épreuve, *imp. en couleurs.*

KAUFFMAN (d'après Angélica)

201. *Cupid finding Aglaia...*, par Burke, 1786. Belle épreuve (petites restaurations).

202. *The flight of Pâris & Helen*, par Ryland. Très belle épreuve, *tirée en sanguine.*

203. Vénus parée par les Grâces, par Perrot. Très belle épreuve, *tirée en bistre.*

204. *Erminia. — Rinaldo and Armida*, 2 pl., par J. Hogg, 1784, se faisant pendants. Très belles épreuves, *tirées en sanguine.*

205. *Comedy — Tragedy*, 2 pl., par Sintzenich, 1782, se faisant pendants. Belles épreuves, *tirées en sanguine.*

206. *Friendship — Danse — Mahlerey*, 3 pl. par Marcuard, Legrand et Sintzenich. Très belles épreuves, *tirées en sanguine* (une *avant toute lettre*).

KNELLER (d'après G)

207. *Mrs Sarah Clicheley. — The Countess of Essex.* Deux pièces par J. Smith. Très belles épreuves.

KRAUS (d'après G. M.)

208. La Gayeté sans embarras. — Le Raccomodeur de Fayance, 2 pl. par Le Vasseur et de Buigne. Belles épreuves.

LAGRENÉE (d'après)

209. La Peinture chéris (sic) des Grâces, par Dennel. — Mars et Vénus. — L'Insomnie amoureuse, par Bonnet, 3 pl. Belles épreuves, (une *tirée en sanguine.*

LAMBERT (d'après)

210. L'Age agréable, par Le Vasseur. Belle épreuve.

LANCRET (d'après N.)

211. Mlle Camargo, par L. Cars (17). Très belle épreuve (sans marge sur 3 côtés, doublée).

212. La Coquette de village, par N. de Larmessin (21). Très belle épreuve du 1er état.

213. Les deux Amis, par De Larmessin. Belle épreuve.

214. Le Glorieux. — Le Philosophe marié (37 et 61), 2 pl. par C. et N. Dupuis, se faisant pendants. Belles épreuves.

215. La Musique champêtre, par E. Fessard (52). Très belle épreuve du 1er état.

216. Partie de plaisirs, par Moitte (57). Belle épreuve.

217. Le Théâtre Italien, par G. F. Schmidt (79). Très belle épreuve du 1er etat.

218. Trop Indolent Tircis... — Veux-tu d'une inhumaine... (82 et 85), 2 pl. par S. Silvestre, se faisant pendants, la seconde très belle.

219. A Femme avare, galant escroc. — Le Gascon puni. Deux pièces, par N. de Larmessin. Belles épreuves.

220. La Belle complaisante, par de Fehrt. — On ne s'avise jamais de tout, par N. de Larmessin, 2 pl. Bonnes épreuves.

221. Le Faucon. — Les Troqueurs. Deux pièces, par N. de Larmessin. Belles épreuves.

222. On ne s'avise jamais de tout. — Le petit Chien qui secoue de l'argent. Deux pièces par N. de Larmessin. Belles épreuves.

223. Les Oyes de Frère Philippe. — Les Rémois. Deux pièces par N. de Larmessin. — Les Charmes de la Conversation, par Petit, soit 3 pl. Belles épreuves.

LANCRET (d'après N.) ?

224. Le Bouquet. — L'Oiseleur. Deux pl. par Cochin, se faisant pendants, une en double état, soit 3 pièces. Très belles épreuves.

LATINVILLE (d'après)

225. Louise Ulrique de Suède, par R. Gaillard. Très belle épreuve. (Petite épidermure en marge).

LAVREINCE (d'après N.)

226. La Balançoire mystérieuse, par Vidal (9). Belle épreuve, *avant la lettre* (sans marge).

227. Les Nymphes scrupuleuses, par Vidal (42). Belle épreuve, *avant la lettre* et *avant* la guirlande sur la nudité.

N° 147 du Catalogue.

LAWRANSON (d'après)

228. *Rosalind et Celia*, par Tomkins, 1783. Très belle épreuve, *tirée en bistre*.

LE BARBIER Aîné (d'après)

229. Louis XVI. — Marie-Antoinette, 2 pl. in-fol. par Cazenave. Belles épreuves.

230. Le Mari dupe et content. — La Prudence en défaut, 2 pl. par Patas. se faisant pendants. Belles épreuves.

231. Le Mari dupe et content, par Patas. Très belle épreuve.

232. Départ du Milicien. — Retour du Milicien, 2 pl. par Duflos, se faisant pendants. Belles épreuves.

LE BEAU (P. A.)

233. Conventions de Mariage. — Le Mari trompé. Deux pl. se faisant pendants. Belles épreuves.

LE BRUN (d'après L.)

234. Les Aveux sincères ou les accords de mariage. — La Toilette de la Mariée ou le jour désiré, 2 pl. par Martini et Dambrun, se faisant pendants. Très belles épreuves.

235. Les Désirs accomplis. — L'Intrigue découverte, 2 pl. par E. Voysard. se faisant pendants. Belles épreuves.

236. L'École de l'Amour. — Le Maître de Musique, 2 pl. par Chatelain et Coquerel.

237. Le Maître de musique. — L'École de l'Amour, 2 pl. par Coquerel et Chatelain, se faisant pendants. Très belles épreuves.

LE CLERC (d'après)

238. Louis XVI. — Marie-Antoinette, 2 pl. par Le Beau, se faisant pendants. Très belles épreuves.

239. L'Abbé en conqueste. — L'Hermite en queste, 2 pl. se faisant pendants. Très belles épreuves.

240. Le Faiseur d'oreilles. — Le Rossignol. Deux pièces par N. de Larmessin. Belles épreuves.

LE MESLE et LORRAIN (d'après)

241. Le Cuvier. — La Chose impossible. — L'Anneau de Hans Carvel. Trois pièces par Fillœul, Sornique et Aveline. Belles épreuves.

LE MOINE (d'après F.)

242. Enlèvement d'Europe, par L. Cars. Très belle épreuve.

LE PEINTRE (d'après)

243. Le Danger de la bascule. — La Tricherie reconnue, 2 pl. par De Monchy, se faisant pendants. Très belles épreuves.

244. La Récréation Espagnole, par Dennel. Belle épreuve, *avant toute lettre*, *signée*.

LE PRINCE (d'après J. B.)

245. L'Amour à l'Espagnole, par St Aubin et Pruneau. Belle épreuve.

246. Les Bergers Russes. — Le Réveil des Enfans, 2 pl. par Tilliard, une en double *à l'état d'eau-forte*, soit trois pièces.

LONGHI et G. FLIPART

247. Scènes de la Vie d'une Femme, 7 pl. Très belles épreuves.

LOUTHERBOURG (d'après J. P.)

248. Le Départ pour le Marché, par P. Laurent. Belle épreuve.

MALLET (d'après J. B.)

249. Saint-Preux, par Copia. Belle épreuve, *coloriée*.

MARILLIER (d'après C. P.)

250. Les Désirs réciproques. — Les Regrets inutiles. Deux pièces par Mme Chevery, se faisant pendants. Très belles épreuves.

MARTINET (F. M.)

251. Le Jardinier Galant. — La Jardinière complaisante. Deux pièces se faisant pendants. Belles épreuves.

252. Sujets galants, 9 pièces. Belles épreuves.

MAYER (d'après J. F.)

253. La Danse des Ours. — La Troupe Ambulante, 2 pl. par Née et Guttenberg. Belles épreuves.

MERCIER (d'après Ph.)

254. La Belle Dormeuse. — La Jeune Eveillé (sic) 2 pl. par J. J. Avril, se faisant pendants. Très belles épreuves.

255. *A School of Boys. — A Schooll of Girls*, 2 pl. par J. Faber, se faisant pendants.

MERCIER et H. P. (d'après Ph.)

256. Evening-Water. — A Scene in the Recruiting Officer. — Shepherdess, 4 pl. par R. Houston et Faber.

MOREAU L'AINÉ (d'après P. L.)

257. Bagatelle, 3 planches par Elise Saugrain, *avant la lettre* (une en double), soit quatre pièces.

258. Vue du Château de Madrid et du pavillon de Bagatelle. — Vue du Pont Neuilly, 2 pl. par Elise Saugrain, se faisant pendants. Très belles épreuves.

259. Vues des Environs de Paris, 2 pl. se faisant pendants, par Elise Saugrain. Belles épreuves.

MOREAU LE JEUNE (d'après J. M.)

260. Répertoire des spectacles de la Cour, par Lempereur (246), 1er état. Belle épreuve.

261. Répertoire de Fontainebleau, année 1785 (avec le médaillon de Louis XVI), par L. Lempereur. Bonne épreuve.

262. Répertoire de Fontainebleau, année 1770, par N. Ponce (236). Deux belles épreuves d'état différent.

263. Couronnement de Voltaire sur le Théâtre Français, le 30 mars 1778, par Gaucher (261). Très belle épreuve, *avec* les armes.

264. A un Peuple libre, par Dambrun. — Ah! Madame, vous la voyés, 2 études. — Groupe tiré de la Revue du Roi, par Malbeste. Quatre pièces. Très belles épreuves.

265. Le Gâteau des Rois, par Le Mire. Très belle épreuve.

266. Déclaration de la Grossesse, par Martini. Belle épreuve.

NATOIRE (Charles)

267. Les Saisons, suite de 4 pl. par Natoire, Aveline et Audran. Très belles épreuves.

NATTIER (d'après J. M.)

268. Marie Leczinska, par J. Tardieu. Bonne épreuve.

269. *Cette liqueur brillante et pure...* par Joullain. Très belle épreuve.

270. La Comédie, par Fessard. Deux belles épreuves (une *avant toute lettre, non terminée*).

OUDRY (d'après J. B.)

271. La Chienne Braque avec toute sa famille, par Daullé. Très belle épreuve.

PARIS (Estampes relatives à)

272. Palais-Royal. — Bagatelle, 6 pl. par Née, Fessard et Ransonnette. Très belles épreuves (4 *avant la lettre*).

PATER (d'après J. B.)

273. Les Aveux indiscrets, par Fillœul. Belle épreuve.

274. Le Bain, par Cl. Duflos. Très belle épreuve.

275. Le Baiser donné. — Le Baiser rendu. Deux pièces par Fillœul, se faisant pendants. Très belles épreuves.

276. La Belle bouquetière, par Fillœul. Très belle épreuve.

277. Le Cocu battu et content. — Le Glouton. Deux pièces par Fillœul. Belles épreuves.

278. Le Dénicheur de Moineaux. — La Feste Italienne. Deux pièces, par Cl. du Bosc et Duflos. Belles épreuves.

N° 211 du Catalogue.

279. Marche comique. — L'Orquestre du village, 2 pl., par Ravenet, se faisant pendants. Belles épreuves.

280. La Matrone d'Ephèse. — Le Savetier. Deux pièces par Fillœul. Belles épreuves.

281. Le Plaisir de l'Eté, par L. Surugue. Belle épreuve.

PAYE (d'après R. M)

282. *Child of Sorrow*, par V. Green 1783 (A. W. 231). Très belle épreuve.

PETERS (d'après de)

283. L'Amour Maternelle, par Chevillet. Deux belles épreuves (une *avant la lettre*).

284. *A Parmesan Lady*, par J. R. Smith. Très belle épreuve, à la *lettre grise*, *avec* la date du 30 juin 1776.

285. La même estampe. Très belle épreuve.

286. Buste de jeunes Femmes, 2 petites pièces de forme ovale, par Vangélisti, se faisant pendants. Belles épreuves *avant la lettre*.

PICART (B.)

287. Le Jeu de pied-de-bœuf, 1709. Très belle épreuve.

PIERRE (d'après J. B. M.)

288. Jupiter et Antiope, par H. Schmitz. Très belle épreuve, *avant la lettre* (légère épidermure).

289. Marché aux Légumes. — Marché au Poisson, 2 pl. se faisant pendants.

290. Sacrifice au dieu Pan, par L. Lempereur, 4 très belles épreuves (une *à l'état d'eau forte*, une autre *imp. en couleurs*).

PORPORATI (C.)

291. Susanne au bain, d'apr. Santerre. Belle épreuve.

292. Vénus qui caresse l'Amour, d'après P. Battoni. Deux belles épreuves (une *avant la lettre*).

PORPORATI (C.) — AUDOIN (P.)

293. Garde à vous ! — Il n'est plus tems ! Deux planches d'apr. A. Kauffman et P. Bouillon. Belles épreuves, *avant la dédicace*.

PORTRAITS

294. Coypel (A.), par J. B. Massé. — Jeaurat (Et.), par Lempereur, d'après A. Roslin. — Greuze, par Ingouf, 4 pl. (1 à *l'état d'eau forte*).

PRUDHON (d'après P. P.)

295. Le Cruel rit des pleurs qu'il fait verser. — L'Amour réduit à la Raison (57-58). Deux pl. par Copia, se faisant pendants. Belles épreuves *avant la lettre*.

QUEVERDO (d'après F. M.)

296. La Bergère pressée, par Gaillard. Belle épreuve.

297. Céphise surprise près du Bain. — L'Occasion favorable, 2 pl. par Patas et Duhamel. Très belles épreuves.

298. Les Délices du Printemps. — Colin-Maillard. — Les Amusements de l'Hiver, 3 pl., par Frussotte, Martinet et Dambrun.

299. La Fille surprise, par Patas. Bonne épreuve.

300. La Surprise amoureuse, par Le Beau. Très belle épreuve.

301. Scènes du *Déserteur*, 6 pl., par Chatelain, Dambrun et Duhamel (une à l'*état d'eau-forte*). Belles épreuves.

RAMSAY (d'après)

302. Lady Mary Campbell, par C. Corbutt. Belle épreuve.

303. Rousseau (J. J.), par Nochez, 1769. Très belle épreuve.

REYNOLDS (d'après Sir Joshua)

304. Lady Sarah Bunbury, par E. Fisher, 1766. Très belle épreuve.

305. Caroline Dutchess of Marlborough, par Mac Ardell (G. G. 77). Très belle épreuve.

306. La petite Rusée, par Bause, 1784. Belle et rare épreuve, *avant la lettre.*

307. *Venus chiding Cupid*, par Bartolozzi, 1784. Belle épreuve.

ROMANET (A. L.)

308. Vénus endormie, d'après Titien. Très belle épreuve, *avant la lettre.*

RYLAND (W. Wynne)

309. *Infancy*, 1775. Très belle épreuve, *tirée en sanguine.*

S*** (d'après E. L.)

310. L'Amour chatié par sa Mère. Deux épreuves, *une avant toute lettre.*

SAINT-AUBIN (d'après G. de)

311. Les Enfants bien avisés, par P. F. Tardieu. Très belle épreuve.

N° 331 du Catalogue.

SAINT-AUBIN (Aug. de)

312. Le Couteulx du Moley (Sophie), d'apr. Cochin fils. Très belle épreuve.

313. La Famille Renouard (150). Belle épreuve sur chine.

314. Jupiter et Léda, d'après P. Véronèse (563). Deux belles épreuves, une *avec* l'encadrement, *avant la lettre.*

SAINT-NON (Abbé de)

315. Concert d'Amateurs, d'après H. Gravelot. Très belle épreuve.

SCHALL (d'après F.)

316. L'Elisée, par A. Le Grand. Très belle épreuve, à *la lettre grise.*

317. Le Modèle disposé, par Chaponnier. Très belle épreuve.

318. Le Premier Baiser de l'Amour, par A. Le Grand. Belle épreuve, *tirée en bistre.*

319. Le Petit redresseur de quilles, par Alix. Très belle épreuve, *imp. en couleurs* (remmargée).

320. Julie ou le premier baiser de l'Amour — Le Ruisseau — Emile vainqueur à la course — Le Premier Mouvement de la Nature, 4 pl., par Legrand, Vonet, etc. Belles épreuves.

321. La Mère abandonnée — La Frayeur Maternelle, 2 pl., par Vidal et Schenker. Belles épreuves.

SCHENAU (d'après J. E.)

322. Le Dédomagement de l'absence, par Vidal. Belle épreuve.

323. Les Enfans Jardiniers, par Henriquez. Très belle épreuve.

324. La Fille rusée — Le Marchand de rogome, 2 pl., par Prévost et Germain, se faisant pendants. Très belles épreuves.

325. Le Miroir cassé, par Chevillet — Moletrina fallax, par Schwab, 2 pl. Belles épreuves.

326. La Bonne Amitié — Le Miroir cassé, 2 pl. par Chevillet, 1769. Belles épreuves.

SCHULZE (G. C.)

327. Vénus et l'Amour, d'après J. Romain. Deux belles épreuves (une *avant la dédicace*).

SICARDI (d'après)

328. *Come la trovate ?* par Copia. Deux belles épreuves (une *avant la lettre*, la seconde *coloriée*).

SINTZENICH (H.)

329. Phyllis, d'apr. C. Dolci. Deux très belles épreuves (une *imp. en couleurs*).

SMITH (J.)

330. *The Lady Frances and the Lady C. Jones...*, d'apr. Vander Waart. Très belle épreuve.

SMITH (J. R.)

331. Une Femme Mariée — Une Veuve, 1791. Deux pièces se faisant pendants. Belles épreuves, *tirées en bistre*.

SMITH (d'après J. R.)

332. The Mirror. Belle épreuve, *imp. en couleurs* (remmargée).

STRANGE (Robert)

333. Danaé — Vénus. Deux pièces d'après Titien. Belles épreuves (légères piqûres).

THEAULON (d'après)

334. Invocation à l'Amour, par C. Guttenberg. Très belle épreuve.

TROY (F. de)

335. Troy (J. F. de), par N. De Launay. 2 belles épreuves *avant la lettre* (une à l'*état d'eau-forte*).

TROY (d'après J. de)

336. Jupiter et Léda — Jupiter et Calisto, 2 pl., par E. Fessard, se faisant pendants. Belles épreuves.

337. L'Ornement de l'Esprit et du Corps, par L. Surugue. Très belle épreuve.

VANLOO (d'après les)

338. Potier de Gesvres (B.), par Petit, Belle épreuve.

339. Mlle Favart, par Daullé. Belle épreuve.

340. Mme de Prie — Mme de Sabran — A quel dessein... 3 pl., par J. Chereau. Belles épreuves.

341. Le Coucher, par Porporati. Très belle épreuve.

342. La Sultane, par Beauvarlet. Belle épreuve.

343. La Tragédie, par S. Carmona. Trois très belles épreuves (deux *avant toute lettre*, dont une à l'*eau-forte pure*).

344. Les Arts, suite de 4 pl., par Et. Fessard. Belles épreuves.

345. Conversation espagnole — Lecture espagnole. Deux pièces, par Beauvarlet, se faisant pendants. Belles épreuves.

346. L'Élève dessinateur, par Angélique Bregeon — L'Amour menaçant, par de Mechel — La Gaieté, par Levesque. Trois pl. Belles épreuves.

VIGÉE (d'après L.)

347. Babichon — Nicodème, 2 pl., par Basan, Très belles épreuves.

VILLEBOIS, EISEN ET PIERRE (d'après)

348. Le Jeune Elève, par Le Bas — Le Modele enchanteur, par d'Ab. *** — Le Galant Jardinier, par De Fehrt. Trois pièces. Belles épreuves.

VINKELES (Renier)

349. L'Académie, 1768. Très belle épreuve.

VLEUGHELS (d'après N.)

350. Le Villageois qui cherche son veau — Le Jugement du Compère Pierre — Frère Luce — Le Bast. Quatre pièces, par N. de Larmessin. Belles épreuves.

WATELET (par et d'après Ch. H.)

351. Marguerite Lecomte, par Lempereur, 2 états — La Maison de Marguerite Le Comte, *Meunière du Moulin-Joli*. Trois pièces. Belles épreuves.

WATTEAU (d'après Ant.)

352. Watteau (Ant.), par Lépicié et Crépy Fils — La Villageoise, par Aveline. Trois pièces.

353. *La plus belle des fleurs...* (La Rosalba), par J. M. Liotard (19). Très belle épreuve. Rare.

354. Diane au bain, par P. Aveline (36). Superbe épreuve.

355. Louis XIIII mettant le cordon bleu à Mgr de Bourgogne, par N. de Larmessin (50). Très belle épreuve.

356. Détachement faisant halte, par C. Cochin (51). Belle épreuve.

357. Pillement d'un village par l'ennemy, par B. Baron (60). Très belle épreuve.

358. Spectacle François, par P. Dupin (66). Belle épreuve.

359. Départ des Comédiens Italiens en 1697, par L. Jacob (70). Très belle épreuve.

360. Arlequin, Pierrot et Scapin (75). Belle épreuve.

361. *Coquettes qui pour voir galans...*, par Thomassin Fils (78). Très belle épreuve.

362. L'Amante inquiète (81) — La Rêveuse (88). Deux pièces, par P. Aveline, se faisant pendants. Très belles épreuves.

363. Le Chat Malade, par J. E. Liotard (87). Superbe épreuve. Rare.

364. Amusements champêtres (105). Très belle épreuve. Rare.

365. Les Champs-Elysées, par N. Tardieu (116). Epreuve salie.

366. Le Conteur, par C. N. Cochin (120). Belle épreuve.

367. La Diseuse d'aventure, par L. Cars (127). Très belle épreuve.

368. Leçon d'Amour, par C. Dupuis (144). Belle épreuve (légères épidermures).

N° 368 du Catalogue.

369. Pierrot content, par E. Jeaurat (153). Très belle épreuve (petite cassure et légères taches).

370. Promenade sur les remparts, par Aubert (157). Belle épreuve (pli).

371. La Proposition embarassante, par N. Tardieu (158). Très belle épreuve.

372. Bon Voyage, par Crépy Fils (169ª). Belle épreuve.

373. Du bel Age..., par J. Moyreau (173). Très belle épreuve.

374. Iris, c'est de bonne heure avoir l'air à la danse (175). Très belle épreuve.

375. La même estampe. Très belle épreuve.

376. Retour de guinguette, par P. Chedel (196). Belle épreuve.

377. Le Moulin de Quiquengrogne, par Elisabeth Cousinet (198). Superbe épreuve. N. B. Bien que cette pièce porte le nom de Lancret, elle est cataloguée par de Goncourt, dans l'œuvre de Watteau.

378. Les Singes de Mars, par Moyreau (271). Très belle épreuve.

379. Le Temple de Neptune, par Aveline (278) — Vénus blessée par l'Amour (308), par Huquier. Deux pièces. Belles épreuves.

380. Le Marchand d'orviétan, par Moyreau (301). Belle épreuve.

381. Le Galant Jardinier, 2 pl. diff., par Boucher et de Favannes. Très belles épreuves.

WATTEAU DE LILLE (d'après)

382. *Quoi ! pas même la Main ? — Un Baiser, ou la Rose.* Deux pl., par Fessard, se faisant pendants. Bonnes épreuves.

383. Entrée de Mr Blanchard... à Lille, le 26 août 1785 — Quatorzième Expérience Aérostatique de M. Blanchard... Lille, 26 août 1785, 2 pl., par Helman, la 1re en double état (une *avant la lettre*), la seconde *avant la dédicace*.

WILLE (J. G.)

384. La Dévideuse, Mère de G. Dow, d'apr. G. Dow (61). Très belle épreuve du 2ᵉ état (sur 3).

385. Tricoteuse Hollandaise — La Cuisinière Hollandaise — L'Observateur distrait — Le Petit physicien — Jeune Joueur d'instrument, 5 pl. d'apr. Mieris, Metzu, Schalcken et Netscher. Belles épreuves.

WILLE FILS (d'apr. P. A.)

386. Conseils Maternels, par Lempereur. Très belle épreuve, *avant la lettre.*

387. La Galante à Désirs, par P. Laurent. Belle épreuve.

388. La Mère indulgente, par Lempereur — Joueuse de cistre, par Muller. Deux pièces.

FRAZIER-SOYE

GRAVEUR-IMPRIMEUR

153-155-157, Rue Montmartre

PARIS

www.ingramcontent.com/pod-product-compliance
Ingram Content Group UK Ltd.
Pitfield, Milton Keynes, MK11 3LW, UK
UKHW021030180726
13838UKWH00004B/1714